El Burrito y la Tuna

cuento guajiro

Recopilación: Ramón Paz Ipuana • Adaptación: Kurusa • Ilustración: Amelie Areco

Ediciones Ekaré

Quinta impresión, 1997

Edición a cargo de: Carmen Diana Dearden y Verónica Uribe • Dirección de Arte: Monika Doppert.

• Av. Luis Roche, Edf. Banco del Libro
Altamira Sur. Caracas, Venezuela

ISBN 980-257-031-1 • Impreso en Caracas por Editorial Ex Libris, 1997

A los niños de la Guajira

Una mañana un hombre ensilló su burro
y salió de Río Hacha rumbo a la Guajira adentro.

El camino era largo. Andando, andando, descansando
un rato aquí y otro allá, pasaron cuatro días.

A la cuarta noche el hombre se bajó de su burro
y colgó su chinchorro para descansar.

De repente, en el fondo de la noche,
se oyó el silbido espeluznante de un Wanuluu
que le seguía los pasos.

Lleno de miedo, el hombre brincó de su chinchorro
y se escondió detrás de un olivo.
El burrito no oyó al Wanuluu y siguió tranquilo
masticando el fruto de unos cujíes.

La segunda vez el silbido sonó más cercano...
El burrito paró las orejas.
El hombre se acurrucó lo más que pudo
detrás del tronco del olivo y vio...

...a la luz de la luna, un jinete sin cara.

Llevaba plumas blancas en la cabeza y
cabalgaba sobre un caballo de sombras.

El jinete desmontó y se acercó al burro.
— ¿Dónde está tu compañero? —preguntó.
— No tengo compañero —dijo el burro—. Estoy solo.
— ¿Y eso que parece una baticola?
— Es mi cinturón de borlas.

— ¿Y eso que parecen frenos?
— Son collares de cascabeles.

El Wanuluu respiró profundo.
— ¿Y eso que huele a sol y a sudor humano, qué es?
— Mi ración de fororo con panela.

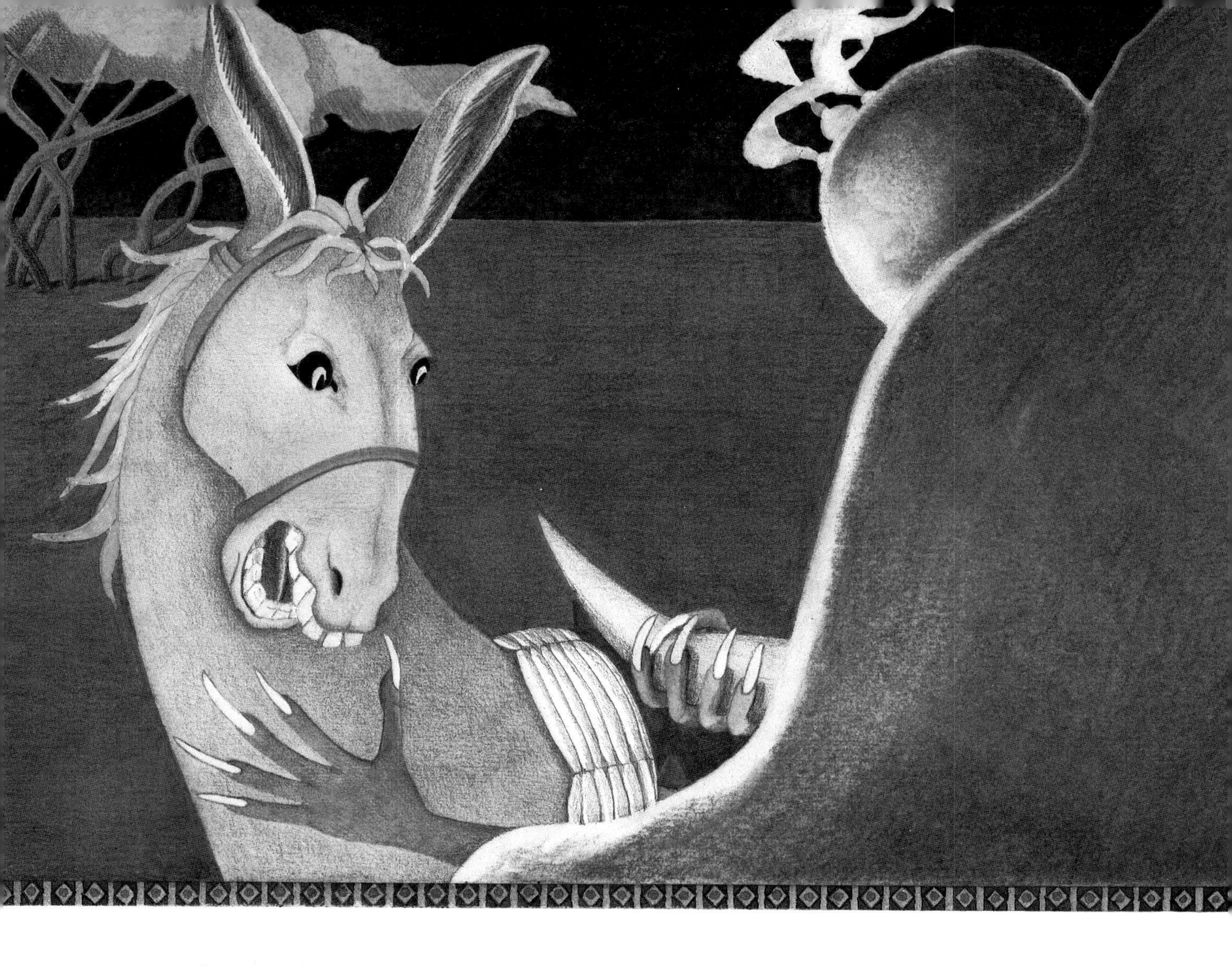

Pero el Wanuluu no se convenció y volvió a insistir con una vocezota:
— ¿DONDE ESTA TU COMPAÑERO?
— He dicho que no tengo compañero —contestó el burro.
— ¡SI NO ME DICES LA VERDAD TE MATARE! —dijo Wanuluu.

Tomó su puñal de hueso y se acercó al olivo
donde se escondía el hombre.
El burrito empeñado en salvar a su amo, se volteó
y le dio una tremenda patada que lo lanzó
contra unas piedras.

Pero Wanuluu se levantó como si no hubiera sentido nada.
–¡Caramba! –dijo en un susurro–. ¿Por qué me pateas?
No debiste hacerlo.
Y lo amenazó con su puñal de hueso.

Comenzó entonces una lucha violenta entre Wanuluu
y el burrito. Wanuluu hacía silbar el puñal
y el burrito saltaba y daba patadas.
Pero Wanuluu parecía no cansarse.
Daba un golpe. Y otro golpe.

El hombre miraba desde su escondite,
callado, casi sin respirar.
No pensó en salir a defender a su burro.

Cuando el burrito ya no podía más,
Wanuluu lo dejó en el suelo, montó su caballo
y desapareció sin dejar huellas.
Entonces el hombre salió de su escondite.

— Mira, pues —dijo al burrito—. Yo no sabía
que hablabas como nosotros. Y nada más. Ni siquiera
le dio las gracias por haberle salvado la vida.
Trató de montarlo y seguir su camino.
Pero el burro estaba tan herido que ya no podía caminar.

Entonces el hombre se fue solo
y dejó al burrito tendido en el camino.

Cuando llegó a la casa de su familia contó su gran aventura.
Pero no habló del burrito.
— ¡Fui yo! —dijo—. Fui yo quien venció a Wanuluu.
Y todos creyeron que era un hombre de gran poder,
que era un intocable.

Mientras tanto, atrás en el camino,
el burrito herido murió.
Y en el lugar donde cayó, nació una mata de cardón.

En sus tallos las avispas matajey fabricaron
un panal de rica miel. El cardón se llenó de frutos rojos y maduros
que los pájaros nunca picotearon y el sol nunca resecó.

Un día llegó para el hombre el momento
de volver a Río Hacha.
Emprendió su camino y pasó por el mismo
lugar donde antes había abandonado al burrito.

Estaba cansado y sediento y se acordó de su burro.
Miró aquí y allá, buscó y no lo encontró.
Pero sí vio un cardón lleno de bellos frutos rojos.

— ¡Mmmm! —dijo el hombre—. ¡Estos frutos se ven sabrosos!
Arrancó varios y se los comió. De pronto,
entre los rojos frutos descubrió un panal de matajey.
Lo arrancó y comenzó a lamerlo.

La miel goteaba por sus manos.
Y así, lame que lame...
su cara se fue poniendo verdosa.
Sus orejas crecieron y brotaron hermosos frutos.
Se llenó de espinas y flores amarillas...

El hombre se convirtió en tuna silvestre,
llamada JUMACHE'E.

Y allí se quedó para siempre,
al lado del burrito a quien había abandonado.

Desde entonces en toda la Guajira,
la tuna con sus espinas crece al lado del cardón
con sus dulces frutos.

Y en el tiempo de lluvia las flores amarillas de la tuna
y los frutos rojos del cardón alegran
al viajero cansado.

EL BURRITO Y LA TUNA es un cuento guajiro. Los guajiros viven en la península de La Guajira en el extremo noroeste de Venezuela.

La frontera entre Colombia y Venezuela atraviesa la península de norte a sur, dividiendo el territorio guajiro en dos sectores. Pero para los guajiros esta frontera es cosa del hombre blanco. Para ellos no existe, pues todo es una misma tierra, su tierra.

La Guajira es una zona desértica en donde crecen tunas, cardones y cujíes. Los guajiros pastorean ovejas y chivos y siembran maíz, yuca, plátanos, auyama. Muchos comercian con telas, tejidos y otros productos.

Cuando un guajiro encuentra a otro, no le pregunta su nombre sino a qué clan pertenece.

Los clanes son matrilineales, es decir, los hijos pertenecen al clan de su madre y no al del padre. Por lo tanto, heredan sus "apellidos" de la madre. Cada clan tiene su ancestro totémico animal: Uriana es el del tigre; Jayariyú, el del perro; Ipuana, el del chiriguare; Sapuana, el del alcaraván y Jusayú, el del pegón. Son unos hermosos nombres que los guajiros no pueden utilizar legalmente, ni anotar en sus cédulas de identidad porque la ley venezolana se los impide.

Los guajiros se llaman a sí mismos *wayú* y al hombre blanco le dicen *alijuna*. Son un pueblo unido, que lucha por mantener viva su lengua y su cultura y por hacer valer sus derechos.

Tienen una rica tradición de cuentos y leyendas y les gusta echarlos al caer la tarde, cuando descansan en sus chinchorros. Este cuento fue recopilado por Ramón Paz Ipuana y publicado por primera vez en su libro *Mitos, leyendas y cuentos guajiros*.
FORORO es harina tostada. PANELA es papelón.

WANULUU representa a la maldad. Es el genio del mal.